LA FEMME QUI PARLAIT AUX ARAIGNÉES
OU L'ARAIGNÉE ET LE CRABE

Les impliqués Éditeur

Structure éditoriale récente fondée par L'Harmattan, Les Impliqués Éditeur a pour ambition de proposer au public des ouvrages de tous horizons, essentiellement dans les domaines des sciences humaines et de la création littéraire.

Déjà parus

Vinot (Pierre), *Vivre sa vie et non la subir. Les 10 clefs d'une Intelligence intégrative pour réussir sa vie*, essai, 2018.

Vidal (Gérard), *Le vicomte d'Abzac, écuyer mythique*, biographie romancée, 2018.

Vidal (Gérard), *Un pas de deux*, roman, 2018.

Vidal (Gérard), *Le Hussard*, roman, 2018.

Vidal (Gérard), *Cheval de vie, Tome 3 : Horse jacking*, roman, 2018.

Vidal (Gérard), *Cheval de vie, Tome 2 : L'éducation du cavalier*, roman, 2018.

Vidal (Gérard), *Cheval de vie, Tome 1 : Mise en selle*, roman, 2018.

Janot (Antoine), *Histoires courtes*, 2017.

Kpodzro (Fadzi), *Essai socio-anthropologique des noms et prénoms Akposso et Éwé au Togo*, essai, 2017.

Roger (Jean), *L'École, une tragi-comédie française*, essai, 2017.

Ces dix derniers titres de ce secteur sont classés par ordre chronologique en commençant par le plus récent.
La liste complète des parutions, avec une courte présentation du contenu des ouvrages, peut être consultée sur le site :
www.lesimpliques.fr

Michèle Lebesson

La femme qui parlait aux araignées
ou L'araignée et le crabe

Récit

Les impliqués Éditeur

21 bis, rue des écoles, 75005 Paris

www.lesimpliques.fr
contact@lesimpliques.fr

ISBN : 978-2-343-14193-0
EAN : 9782343141930

À BB et FF,

À mon père,

À toutes celles et ceux qui m'ont aidée,
soutenue et accompagnée :
soignant(e)s, ami(e)s ou inconnu(e)s

À toutes celles et ceux qui, comme moi,
se battent contre un cancer.

J'ai 55 ans. Je m'appelle Michèle. Avec un seul L.

L'année dernière, on m'a diagnostiqué un glioblastome. Un quoi ? Un glioblastome, un cancer du cerveau. Il n'y en a que 3000 en France et j'en ai un ! Il faut toujours que je ne fasse pas comme les autres. Et en plus, le mien de glioblastome, c'est un grade IV. Grade IV, c'est comme une force 12 dans la marine. Avis de forte tempête, voire d'ouragan : il va y avoir du tangage et du roulis… Je n'ai pas été déçue !

Chapitre 1
Au début était le commencement

Après un début d'année un peu compliqué (triple fracture de l'épaule droite), le 28 avril, je pars à la fac comme d'habitude de bon matin pour avoir le temps de boire un café avec mes collègues. (Je suis prof et j'aime bien ces instants pré-cours). J'ai un petit coup de mou en sortant de ma salle pour rejoindre mes copains dans le bureau. Je vois flou, l'escalier tangue. Je n'arrive pas à parler mais je ne m'affole pas. Je bois mon café, retrouve l'usage du langage et là, la panique s'empare non pas de moi mais de mes collègues.

Je n'ai conscience de rien mais il semble que je sois obsédée par l'autoroute. Je veux prendre l'autoroute et partir en voyage. Pas étonnant, j'adore voyager. Le hic, c'est que je ne me rends pas compte de ce que je raconte. Il me semble être parfaitement cohérente et je veux rejoindre mes étudiants. Je suis une prof consciencieuse qui aime son métier !

Flanquée de mes collègues, j'accepte d'attendre quelques minutes et me retrouve face à face avec les pompiers. Je m'aperçois que je ne connais plus ni mon nom ni mon prénom, encore moins ma date de naissance. Cela me fait rire aux larmes. Je suis une malade joyeuse ! Je parle de moins en moins, répondant OK (je ne suis pas contrariante non plus) à toutes les questions. Me voilà embarquée aux urgences, toujours hilare et ne comprenant rien aux questions des pompiers.

Je reprends mes esprits à l'hôpital Édouard Herriot de Lyon où un accident systémique transitoire (AVC sans séquelle) est diagnostiqué. Chouette, je pourrai aller à New York comme prévu. Pas de traitement. Pas de nouveau rendez-vous de contrôle. Mais une fatigue s'installe, ponctuée de nausées. Je décide prudemment de contacter certains médecins par moi-même. Les problèmes de santé sont fréquents dans ma famille. Je vois la cardiologue, l'angiologue et obtiens grâce à elles un rendez-vous pour une IRM cérébrale. Un méningiome est détecté. Rien d'alarmant mais il faut surveiller.

Le 21 mai, rebelote. Je sors de chez moi pour faire des courses. Arrivée devant l'ascenseur, je me sens très mal. J'ai juste le temps de retourner m'abattre sur mon canapé. Je ne trouve plus mes mots et raconte n'importe quoi. Les choses se corsent. Je perds connaissance et n'ai quasiment aucun souvenir de ce qui se passe pendant 4 jours. Des visions de médecins qui tentent de me réveiller, de me sortir de mon état inconscient. Beaucoup de visages inquiets et de lumières violentes. J'ouvre un œil quelques secondes et le referme. Je n'arrive pas à lutter contre la fatigue. Je ne sais pas ce qui se passe. Je suis en réanimation à l'hôpital neurologique mais ne me rends compte de rien.

Quatre jours plus tard, je refais surface mais parle étrangement. Après l'autoroute, ce sont les animaux qui me passionnent. Bon, je les mélange un peu. J'invente des rhinoélélions, des chamélions, des guégirafes. J'aime beaucoup l'Afrique.

Une orthophoniste vient à mon secours. L'objectif est de solliciter, avec bienveillance et légèreté, mon cerveau récalcitrant pour que je retrouve la mémoire langagière. J'adore travailler avec elle. Elle me donne une foultitude d'idées que je pourrai peut-être utiliser pour enseigner différemment. Je trouve cette expérience géniale. Elle passe tous les deux jours et j'attends sa venue avec impatience. Je ne suis plus un petit tas écroulé sur un lit d'hôpital. Je me relève, m'assois sur mon lit et retrouve de l'intérêt pour le monde alentour. Ses techniques pour faire fonctionner ma mémoire, sa patience, sa manière à la fois exigeante et rassurante de me pousser à utiliser mon cerveau de nouveau sont des clés que tout enseignant devrait avoir.

Je suis relâchée de l'hôpital au bout de huit jours et convoquée de nouveau trois semaines plus tard.

Mon cerveau décide que trois semaines, c'est trop long. Il doit regretter les discussions avec l'orthophoniste et les infirmières ! Je démarre ma troisième crise d'épilepsie le 13 juin. Attention pas une épilepsie qui enclenche des convulsions et fait baver. Non, une épilepsie peuplée d'autoroutes, d'animaux étranges et de « OK ».

Cette fois-ci, un mois d'hospitalisation en neurologie car j'ai rajouté à l'épilepsie une hémorragie cérébrale. Autant faire les choses en grand. Ce mois sera très agréable, si, si…

L'équipe du quatrième étage de l'hôpital neurologique est géniale. Je suis entourée, chouchoutée. Tout le personnel vient discuter dans ma chambre et c'est reparti pour les évocations de voyages et d'animaux sauvages. Je m'améliore, je ne trouve pas tous mes mots mais suis capable de contourner les difficultés langagières. Je sais maintenant séparer les rhinocéros, les éléphants et les lions.

Les nuits sont parfois agitées. Beaucoup de patients souffrent de désordres neurologiques divers et peuvent devenir violents. Certains cassent tout en pleine nuit, d'autres s'échappent. Le personnel soignant reste calme et attentif à tous. Je les admire et lie des liens forts avec eux. La période d'été est une période difficile pour les infirmiers et aides-soignants. Beaucoup sont en vacances et non remplacés. Ceux qui sont présents voient donc leur charge de travail accrue. Malgré tout, ils restent à l'écoute, bienveillants et pleins d'humanité.

La présence d'autres malades plus ou moins gravement atteints est à la fois inquiétante et rassurante. Finalement, je ne suis pas si mal lotie que cela. Je ne me plains donc pas.

L'hôpital apprend à relativiser. Être en vie et pouvoir utiliser ses jambes est un atout. Et puis, je peux donner des coups de main à ceux qui sont en difficulté. Les aider à retrouver leur chemin dans les couloirs, à grignoter en douce un petit gâteau (le sucre n'est pas recommandé par les médecins mais tellement bon pour le moral), à escalader leur lit. Une solidarité se crée entre les malades. Une solidarité instinctive, ponctuée de rires, d'autodérision et de partages de galères. Tous les malades tentent de rester autonomes. Prendre une douche, aller aux toilettes seul(e), se relever dans son lit seul(e), s'asseoir et se coucher seul(e) sont des victoires journalières. Je me souviens notamment de la difficulté que ma voisine de lit rencontrait à se rallonger. Toutes les deux, nous nous sommes battues pour qu'elle réussisse à se coucher sans appeler une infirmière. Sans aucune force ni l'une ni l'autre, c'était dur. Je la soutenais sous les épaules et elle se hissait sur le lit. Un soir, nous avons manqué de tomber toutes les deux mais nous avons réussi. Victoire et fous rires. Allez voir le film Patients de Grand Corps Malade et Mehdi Idir. Vous comprendrez ce que ce soutien signifie.

Chapitre 2
Puis vinrent les blouses blanches et le protocole

Si vous avez lu *Les Brutes en Blanc* de Martin Winckler, vous savez de quoi certains médecins sont capables. Je ne partage pas toutes les attaques virulentes de M. Winckler mais il faut avouer que quelques soignants n'ont aucune idée de ce que peut-être la sympathie ou l'empathie. Retranchés derrière leur savoir, ils perçoivent le malade comme un cas clinique qui doit s'inscrire dans un protocole. Si le patient ne colle pas au protocole, s'il réagit différemment, c'est le rejet, voire l'agressivité.

Il semblerait que Martin Winckler ne soit pas le seul à attirer l'attention sur le manque d'humanité de certains médecins. Dans *Fuck my cancer* de Manuela Wyler ou *Mes Mille et une Nuits* du philosophe Ruwen Ogien, des remarques similaires sont relevées.

Pendant le mois de juin, les analyses effectuées lors de mon long séjour à l'hôpital confirment que j'ai une hémorragie cérébrale et que du coup, mon lobe temporal gauche est invisible. La question se pose : opération or not opération ? That is the question. Et la question est angoissante et peu claire. Les médecins de différentes spécialités se réunissent tous les jeudis après-midi pour discuter des « cas ». Le « cas », c'est-à-dire le malade, lui ou elle, n'est pas invité(e), pas plus que son médecin généraliste. J'ai malgré tout quelques informations car l'un des médecins neurologues passe tous les jours me voir mais la prise de décision reste floue.

Le 29 juin au matin, le médecin me dit « pas d'opération », l'après-midi c'est « opération ». À 14h, l'opération est fixée dans une semaine, à 16h, la voilà prévue pour dans 48h.

Les choses s'accélèrent. Direction l'anesthésiste le 30 juin. Aussi rassurant que les neurologues ! Je ne sais pas ce que l'on va me faire, comment l'opération va se dérouler, quels sont les risques. Je dois remplir des pages et des pages de questions médicales. L'anesthésiste lit tout çà mais ne commente rien. Je suis renvoyée dans ma chambre sans un mot d'explication ni de réponse à mes questions. Le seul commentaire est « je ne sais pas ». Très encourageant pour moi !

Le lendemain, 1er juillet, passage au Pet Scan et à la mammographie. Le crabe aurait-il essaimé un peu partout ? Le Pet Scan est un scanner général qui vous permet d'absorber en une heure environ l'équivalent de plusieurs années d'irradiations. Je pourrai maintenant aller à Tchernobyl ou Fukushima. Je suis immunisée ! Bien sûr, cette urgence subite à me bombarder d'examens n'est pas du tout anxiogène…

Je n'ai toujours pas vu la chirurgienne. Son mari passera la veille de l'opération pour me prévenir que je serai transférée à 19h dans un autre service. Aucune information sur ce qui va se passer, sur ce que l'on va me faire, aucune parole réconfortante. Le 1er juillet à 19h, personne ne vient me chercher. Une aide-soignante décide de m'accompagner dans ma nouvelle villégiature. Personne ne me reçoit ni ne vient me voir dans ma nouvelle chambre. Je suis dans une pièce sinistre, je vais être opérée demain et personne ne vient m'expliquer quoi que ce soit.

Débrouilles-toi ma grande. De toute façon, tu vas mourir bientôt. Là, mon moral en prend un coup…

Le lendemain, 2 juillet, je n'ai toujours pas vu la chirurgienne. Je ne la verrai jamais. Seule une aide-soignante (encore un personnel soi-disant peu qualifié et surtout peu rémunéré) me réconforte et me fait rire. Elle m'explique qu'elle m'a trouvé un superbe brancardier. Effectivement, un homme splendide et très attentionné m'emmène au bloc. L'aide anesthésiste plaisante. Avec les doses de somnifères que l'on m'a faites ingurgiter, je devrais déjà dormir. Ben, non. Je veux voir ce qui va se passer. La chirurgienne est planquée dans un coin, ne m'adresse ni la parole ni un regard. Heureusement, je suis chouchoutée par l'infirmière principale.

Je me réveille avec une écharpe tout autour du crâne. Je suis fatiguée mais aucune douleur. Chapeau, la chirurgienne est douée médicalement, même si elle n'a aucun regard pour ses patients. Je reste cinq jours dans le service chirurgie et là, la surprise croît. C'est sale, les douches sont communes et ne sont pas nettoyées entre chaque patient. Un Monsieur est lavé porte grande ouverte à la vue de tous. L'infirmière se trompe dans mes dosages d'antiépileptique et me rabroue comme si j'avais cinq ans en refusant de m'écouter. Je suis scandalisée. La colère me dope. C'est peut-être un nouveau type de soins : mettre les patients en rage pour qu'ils ne s'effondrent pas ? Je remplis un document qualité pour faire part de ces dysfonctionnements. Pas de réponse.

Après cinq jours dans le service de chirurgie où je réussis à ne pas contracter de germes malgré la crasse régnante, me voici transférer au deuxième étage au service cancérologie. Bon, la menace se rapproche. Jusqu'à présent, je n'avais pas vraiment envisagé l'option cancer. Je pensais à une maladie rare contractée lors d'un de mes multiples voyages à l'étranger. Si je suis en cancéro, cela veut dire que les médecins, eux, pensent à un cancer.

Pendant que je papote avec les infirmier(e)s et les aides-soignantes, les médecins cherchent, cherchent et… finissent par trouver. Une semaine après l'opération, la neurologue rentre dans ma chambre après avoir vérifié que j'étais bien accompagnée. Elle ne m'a pas demandé si je souhaitais que mon compagnon soit présent ou non. Elle impose la présence de mon compagnon partant du principe que je ne pourrai pas faire face toute seule. À moins que cela ne soit également dans le protocole ! Bref, elle arrive mine grise, ne me sert pas la main (cela doit être contagieux !) et s'assoit le plus loin possible de moi. Elle m'assène le diagnostic : « vous avez un cancer qui ne se guérit pas ». Je demande quelle est ma durée de vie probable. Réponse : « je n'en sais rien ». Point barre. Même pas un « on va tout faire pour vous aider, vous soutenir ». Rien, nada. Débrouille-toi avec l'annonce et ne me fais pas perdre mon précieux temps de neurologue. Elle enchaîne : « On va vous faire radiothérapie et chimiothérapie en même temps ». Je tente de protester. J'aimerais quand même avoir le temps de retrouver mes esprits et de savoir si oui ou non, je veux suivre un traitement. La neurologue me coupe la parole. « C'est le protocole ». J'en déduis que ma place était réservée de longue date dans le protocole. Et surtout que le protocole règne en maître. Le patient, l'être humain n'a aucun poids et est réduit à une croix dans le protocole. J'ai droit à toute une série de noms de médicaments, de dosage, de dates. Je ne comprends rien. La neurologue se lève et nous laisse sans un mot.

Une heure après, mon compagnon étant parti, me voilà dans les mains d'une infirmière psychologue. Je reprends espoir. Je vais avoir une écoute, un soutien, une vague d'empathie et des informations. Bernique.

Ah, pour être psychologue, elle était psychologue. Elle commence par « votre vie ne sera plus jamais comme avant », enchaîne avec « on ne peut pas savoir qui va mourir rapidement ou durera quelques mois de plus ». Les perspectives protocolaires (!) de survie oscillent entre 3 et 6 mois. Je lui demande de me laisser. C'est bon, si c'est pour entendre des phrases aussi encourageantes, je n'ai besoin de personne.

Heureusement les aides-soignantes et les infirmier(e)s sont là. Ils/ elles se relaient dans ma chambre. Ils ou elles entrent sous un prétexte quelconque, parlent de tout et de rien, s'assoient sur mon lit, me parlent d'eux. J'ai retrouvé des êtres humains qui me considèrent comme une personne et non un cerveau mal en point. Jusqu'à mon départ, je serai soutenue, aidée, entourée, rassurée par le personnel.

Sans doute pour m'occuper et éviter que je ne m'ennuie, j'ai droit à un nouveau scanner et à un rendez-vous pour une coloscopie. Un coin de mon corps qui n'avait pas encore été exploré en détail et qui me permettra de tester l'hôpital de la Croix Rousse.

Je vais pouvoir établir un guide des hôpitaux, un « Hospital Advisor ». Il y a les hôpitaux vétustes de couleur verte, couleur sensée à l'époque apaiser les malades. Il y a les hôpitaux plus récents de couleur orange, pour donner du peps et un meilleur moral aux patients. Il y a les ascenseurs dans lesquels on peut faire rentrer plusieurs brancards, permettant au personnel de papoter et aux malades de comparer leur état respectif et de se refiler quelques germes au passage. Il y a les ascenseurs dans lesquels c'est soit vous, soit votre potence qui rentre mais pas les deux à la fois. Il y a les sous-sols glacés dans lesquels les brancardiers vous poussent à toute allure en prenant les angles sur les chapeaux de roue. Quoi, cela vous secoue, quoi cela vous fait mal ? C'est ça ou mourir de froid dans ces couloirs. Faut choisir ma brave dame ! Il y a les chambres spacieuses où tout a été pensé pour que deux malades puissent cohabiter sans se gêner et recevoir leurs familles et amis sans qu'ils soient debout plaqués contre le mur. Il y a les chambres où seul un rideau minuscule vous sépare de votre voisin. Mieux vaut ne pas ronfler, ne pas avoir des bronches sifflantes, des quintes de toux ou des vomissements incoercibles. Prière également de ne pas gémir sous les coups de butoir de la douleur.

Chapitre 3
La découverte de la radiothérapie et de la chimiothérapie

Je sors de l'hôpital le 13 juillet avec une liste de médicaments, d'ordonnances et de rendez-vous médicaux. Je tente un « j'aurais besoin d'une aide psychologique ». Réponse du neurologue : « vous n'êtes pas dépressive. » Je suis ravie de l'apprendre. Quant à moi, ce n'est pas tout à fait l'impression que j'ai. Je vais devoir me débrouiller pour trouver des palliatifs à mon angoisse.

Pour le moment, mon attention se concentre sur les traitements. Le protocole en blouse blanche a dit six semaines de radiothérapie à raison de cinq séances par semaine et chimiothérapie en même temps. Comme d'habitude, je n'ai pas de réponse à mes questions sur les raisons de ces choix. C'est le protocole !!!

Je suis transférée au Centre Léon Bérard. Le centre d'accueil est lumineux, entouré d'un vaste aquarium peuplé de poissons divers. Les fauteuils sont placés en cercle autour de l'aquarium et non en rang d'oignon comme d'habitude. Les malades sont assis côte à côte et non l'un derrière l'autre. Le calme et la sérénité règnent. Je récupère tous les papiers nécessaires dont un petit carton orange sur lequel seront notées toutes mes séances de radiothérapie.

Direction le service de radiothérapie pour mouler un splendide masque de Dark Vador sur mon crâne et mon visage. Le masque permettra de guider les opérateurs pour viser les zones à traiter. Il s'agit d'une espèce de résine coulée sur mon visage mais avec des trous pour respirer. Un peu comme un masque d'escrime mais sans avoir l'autorisation de pourfendre l'équipe médicale.

J'oubliais le premier rendez-vous avec le radiologue. Un jeune qui a dû rater les cours de psychologie et de dialogues avec les malades. Son vocabulaire se limite à des groumpfs plus ou moins sonores. Il m'annonce que je vais devoir prendre un médicament contre les mycoses. Pourquoi ? Groumpf ! Ah, édifiant !!! Je n'en saurai pas plus sur les séances de rayons. Ni sur le déroulement, ni sur les doses administrées, ni sur les conséquences positives ou négatives.

Je débute la première séance de radiologie le 14 août. Me voilà casquée, seule dans la salle et bombardée de lumières très pénibles mais indolores tout autour de mon crâne. Toujours aucune information. Simplement, un « à demain » J'attaque en même temps la chimiothérapie, version comprimés et agrémentée de toute une variété d'autres médicaments pour éviter les effets secondaires. Quels effets secondaires ? Il n'en est pas fait mention. J'apprendrai plus tard que outre les nausées, vomissements bien connus, le système immunodéficitaire se met en grève, les plaquettes s'effondrent, le rythme cardiaque en prend un coup, la thrombose et la phlébite rodent, l'ostéoporose s'envole sans parler de la cataracte (pour ces deux effets, merci la cortisone). Je reconnais que si ce panel m'avait été présenté avant la cure, j'aurais probablement dit non. Les effets secondaires m'auraient paru trop élevés par rapport à mes chances de survie de trois à six mois… Grâce à l'absence de renseignements, je découvrirai chaque mois un nouvel effet secondaire. Une sorte de pochette surprise mensuelle !

Avant la première séance de radiothérapie, je me suis rendue de mon propre chef à la Ligue contre le Cancer pour avoir davantage d'informations. Sur leur conseil, j'ai contacté un kinésithérapeute pour récupérer une certaine mobilité, un endocrinologue pour avoir une référence quant à ma thyroïde avant les traitements, un diététicien pour établir des menus adaptés. Je perdrai neuf kilos en quelques semaines avec la radiothérapie. Vous voulez maigrir, choper un cancer !

Bien sûr, aucun médecin hospitalier ne m'a suggéré ces rendez-vous. C'est les vacances et le personnel adéquat n'est pas remplacé. Toujours pas de psychiatre ou psychologue n'ont plus. Et on dit que les profs sont toujours en vacances…

Les trois premières séances de radio et chimiothérapies se passent correctement. Le cinquième jour, par contre, les jeux sont faits et rien ne va plus. J'ai revu Monsieur Groumpf (le radiothérapeute) toujours aussi communiquant. Je lui fais part de mon état : nausées violentes, impossibilité de me tenir debout, vertiges. Il me renvoie chez moi. Je ne peux pas me lever et m'écroule sur un siège à l'hôpital, incapable de bouger. La secrétaire d'accueil, inquiète, retourne le chercher. Il reste loin (on ne sait jamais, si je vomis, cela tâchera sa chemise) et se débarrasse de moi en m'envoyant aux urgences.

Écroulée sur un chariot, incapable d'ouvrir les yeux, je lutte pour ne pas m'évanouir. Et là, miracle, j'entends une voix chaude qui me dit que l'on va s'occuper de moi immédiatement, je sens deux mains posées chaleureusement sur mes cuisses. J'ouvre les yeux et vois le responsable du service à genoux devant moi, me regardant droit dans les yeux avec un grand sourire. Miracle, les médecins humains existent ! Aucun acte médical n'a encore eu lieu mais je me sens déjà mieux. On m'injecte des doses de cheval de cortisone qui me retapent. Je resterai sous cortisone pendant plus d'un an.

Le médecin décide de m'hospitaliser à domicile. Je serai suivie par une équipe d'infirmières qui viendront deux fois par jour pour les prises de sang, injection de cortisone et surtout pour me soutenir psychologiquement. Elles sont géniales et je les remercie du fond du cœur. L'HAD (hospitalisation à domicile) permet aussi d'avoir un contact nuit et jour avec un cancérologue et de demander que les infirmières passent de nuit en cas de souci. Efficace et extrêmement rassurant. Des aides à domicile sont également proposées ainsi que tout le matériel médical nécessaire. La chambre se transforme en pharmacie mais au moins, c'est ma chambre. Une fois encore, des liens étroits se lient avec les infirmières. Les perfusions prennent du temps, le ménage du cathéter aussi. Nous avons donc l'occasion de papoter deux fois par jour.

Ne pas oublier le kit du malade. Je comprends rapidement que si je ne veux pas transformer tout l'appartement en hôpital, j'ai intérêt de préparer une pièce adaptée à mon état. Au moins, il y a ainsi des lieux dans l'appartement où je me sens dans mon univers de malade et d'autres où la maladie n'a pas le droit de s'infiltrer.

Comme je passe l'essentiel de mon temps couchée, le lit se recouvre de tonnes de coussins pour soulever, baisser les pieds, les jambes, les bras, les mains, la tête, les intestins, les fesses… enfin, tout ce que j'ai de potentiellement fragile et douloureux.

Une bouteille d'eau et une bassine vomitive rejoignent les coussins au pied du lit.

La commode s'est transformée en champ opératoire. Débarrassée de tous ces objets de décoration, elle a été recouverte d'un splendide champ chirurgical destiné à accueillir tous les pansements, tubes, seringues sans oublier les bouteilles de Bétadine. Très efficace la Bétadine pour nettoyer et éviter les risques infectieux mais surtout redoutable pour tout repeindre en jaune ou rouge selon sa couleur initiale.

Une potence est venue parachever la décoration pour suspendre toutes les poches des médicaments injectés plusieurs fois par jour.

Les cartons, paniers, boîtes se sont révélés indispensables pour stocker le matériel des infirmières et mes innombrables médicaments. Ne pas oublier de se munir d'un agenda pour enregistrer scrupuleusement tout ce que je dois avaler, respirer, faire passer dans mes veines, dans mon postérieur.

La première période de retour à la maison est difficile. Je n'arrive pas à retrouver un peu d'énergie et d'élan. Je suis abattue, plus rien ne m'intéresse. Je n'arrive pas à lire (trop compliqué pour mon cerveau), je n'arrive pas à regarder la télévision (la lumière est perturbante pour mon crâne). Les infirmières se mettent en quatre pour me dérider et elles y arrivent. Les perfusions deviennent des séances « mojito » ou

« daïquiri », elles me parlent d'elles, de leurs familles. Je m'ouvre de nouveau aux autres et cesse d'être concentrée sur moi-même. Bien sûr, mon conjoint m'aide aussi beaucoup. Il est toujours là, au bon moment, avec les mots appropriés. Il ne me transmet pas sa propre angoisse, il est tendre, prévenant, attentif, patient.

Les séances de radiothérapie s'enchaînent tous les jours. Un VSL (véhicule sanitaire léger) vient me chercher, je n'ai pas l'autorisation de conduire et mon compagnon redoute que je fasse une crise en cours de route si nous y allons tous les deux seuls en voiture. Je passe davantage de temps à attendre le VSL dans un sens et dans l'autre qu'à subir la radiothérapie. Pas mal d'attente aussi devant le box de radiologie. J'y retrouve des têtes familières et nous comparons nos états réciproques. Un Monsieur remonte le moral des troupes en sortant radieux de la séance de radiothérapie. Il fait partie des 0,05 % de personnes qui supportent ce traitement sans aucun effet secondaire. Alors si lui y arrive pourquoi pas un autre d'entre nous ? Nous sommes tous requinqués même si le lendemain, nous sommes plus nombreux à être incapables de nous déplacer seuls sans chariot.

Je m'écroule de nouveau, récupérée par une charmante radiologue. Je l'échangerais bien contre Mister Grumpf ! Elle prend même le soin d'aller chercher une couverture, et de déplacer le brancard dans un coin afin que je ne sois pas exposée à la vue de tous. Tous les médecins ne sont donc pas des mufles.

Je vais tester un nouveau service, celui de curiethérapie. C'est une forme de radiothérapie, mais plus ciblée. En principe, je n'ai rien à faire là mais il n'y a pas de place ailleurs. Les chambres sont interdites aux non-irradiés. Je ne peux donc voir personne. Top pour remonter le moral. Le personnel hospitalier porte des détecteurs de radiation. Les malades, eux, n'en ont pas. De toute façon, ils sont voués à mourir alors pourquoi faire des frais supplémentaires ? Épuisée, démoralisée, j'entame une grève de l'hygiène. Je refuse d'aller à la douche pour ne pas exposer à tous mon corps à la fois rabougri et boursoufflé selon les zones. Je reste dans ma chambre. Personne ne vient vérifier pendant une semaine si j'ai besoin d'aide.

Je verrai quand même, à ma demande express, un psychiatre qui me citera Shakespeare et me parlera d'Œdipe découvrant la dureté de la vie et la proximité de la mort avant de conclure, que non, je n'ai besoin de rien. Certes, ces références sont intéressantes pour une linguiste comme moi mais là, ce n'est vraiment pas le moment.

Je découvre aussi un nouveau type de WC en me faisant rabrouer par une infirmière. « Enfin, vous voyez bien qu'il y a un compartiment pour faire pipi et un pour faire caca ». Ah ? Et pourquoi ? « Parce que vos déchets sont radioactifs. » Décidément, je n'aurai aucun mal à visiter une centrale nucléaire in extenso !!! Je n'avais pas vu les deux bacs dans les toilettes mais les sens bien sous mes fesses. Une barre vise mon postérieur et n'entend pas le relâcher de sitôt.

Une autre infirmière se bat avec mes perfusions. Un nouveau goutte à goutte a été livré mais le mode d'emploi n'a pas suivi. À moi de tenter de découvrir pourquoi ce truc bipe toutes les cinq ou six minutes.

La chimio est arrêtée. Je ne supporte pas le mélange chimio et radiothérapie. On reprendra les comprimés quand la radiothérapie sera terminée. Néanmoins, pas question de relâcher la pression sur les séances de rayons. Je ne dois pas en rater une même si je dois y aller en rampant.

Je termine ma cure (sic !) de radiothérapie exténuée. J'ai droit à un mois de repos avant de réattaquer la chimio. Je le passe couchée.

Chapitre 4
Le retour de la chimio

Cette fois-ci, la prise de la chimio se fera à domicile, cinq jours tous les mois. Je dois engloutir un nombre important de médicaments à heure précise. Je n'en mène pas large. Les souvenirs des tentatives précédentes conjointement avec la radiothérapie m'ont laissé un goût amer dans la bouche (au sens propre comme au sens figuré).

Et effectivement, cela ne sera pas rose tous les jours. Nausées violentes : n'oubliez pas de vous acheter une bassine spéciale chimio ! Douleurs diverses et variées : vive le doliprane ! Vertiges : vérifier avant de débuter la chimio à domicile que le trajet lit/WC ou lit/canapé n'est pas semé d'embûches et que si vous tombez, un tapis moelleux adoucira la chute (attention toutefois aux glissades) ou que vous pourrez vous rattraper à quelque chose sans emmener le mur avec vous. Fatigue intense : vous avez eu la grippe, vous vous souvenez de cette impression d'être clouée dans votre lit sans pouvoir lever le petit doigt et bien, c'est pareil mais puissance dix au minimum (j'ai toujours été nulle en maths…). En principe, vous êtes censée récupérer entre chaque chimio. C'est pour cela que le protocole (encore lui) dit une cure de cinq jours tous les mois. En pratique, plus les chimios avancent, plus je recule dans mon lit et plus les effets secondaires se multiplient et plus ils apparaissent rapidement. Les doses sont donc diminuées et les cures éloignées. Des tests sanguins multiples sont pris régulièrement pour mesurer les effets de la chimio sur tout mon corps. L'ennui avec la chimio, c'est que vous ne savez pas si elle réussit ou non à zigouiller vos cellules cancéreuses ; par contre, vous savez rapidement quels dégâts elle commet sur vos cellules en forme…

Pour savoir si la chimio a eu un impact sur mon glioblastome, il me faudra attendre trois mois. Mais non, ce n'est pas inquiétant !!!

Je souffre maintenant de thrombocytopénie et donc de pétéchies. Très utile pour le scrabble mais moins drôle au quotidien. Cela veut dire que mes plaquettes se sont effondrées et que je risque de faire des hémorragies diverses et variées agrémentées de tâches rouges un peu partout. J'ai donc droit à des injections ressemblant à du lait bien épais. Confiante, je retourne à l'hôpital pour une nouvelle séance de perforation de veines (elles n'en peuvent plus et le font bien savoir en claquant hardiment). On m'injecte un produit visqueux mais indolore. Je rentre chez moi après une journée complète à l'hôpital. Le lendemain au réveil, j'ai l'impression qu'un rouleau compresseur de plusieurs tonnes est passé sur mon corps. Affolée, j'appelle l'infirmière référente. « Ah, c'est normal, c'est le médicament. » Ben, j'eusse aimé en être informée…

La chimio se termine fin avril 2016. J'ai fait du rab car il me fallait du temps pour récupérer entre chaque cure. Vient maintenant le temps de l'angoisse jusqu'aux résultats. Ouf ! Mon Glio n'a pas bougé. Il semble endormi. Chuttttt ! Je ne veux pas le réveiller. Dors bien petit frère…

Les protocoles en blouse blanche, elles, voient les choses différemment. Tous les trois mois, j'ai droit à une IRM pour vérifier si Glio dort toujours. Du coup, l'angoisse remonte régulièrement tous les trois mois, enfin tous les deux mois car je commence à penser à l'examen plusieurs semaines avant sa réalisation. J'arrive à maintenir la peur à distance en m'activant et en occupant mon esprit. Et puis, je me motive en me disant que je vais pouvoir admirer les nouveaux tatouages du radiesthésiste. N'empêche, l'épée de Damoclès est bien là et pour longtemps. J'ai demandé si on pouvait espacer les IRM. Niet ! C'est la seule façon de savoir si Glio se réveille ou pas.

Par la même occasion, j'améliore mes taux de radioactivité. Si je ne peux pas reprendre mon métier d'enseignante, je pourrai toujours me reconvertir en « exterminator » dans une centrale nucléaire.

Ayant passé trois IRM sans troubler le sommeil de Glio, je m'attendais naïvement à un encouragement des neurologues. Peut-être pas un « c'est bien, nous sommes fiers de vous » mais au moins un petit « c'est rassurant » même s'il était accompagné d'un « pour l'instant ». Rien, pas le moindre encouragement. Seulement, des « à dans trois mois », des « on verra s'il y a rechute ». L'optimisme doit faire partie des attitudes à bannir dans le livret du bon médecin. Donc, on verra donc dans trois mois si Glio continue de faire la marmotte ou s'il sort le nez de son trou.

Le temps est en effet un élément important pour tout cancéreux qui se respecte. Les rémissions et rechutes se mesurent en mois ou année. Un glioblastome, un cancer du cerveau comme le mien est considéré en rémission au bout de huit années minimum. Manière polie pour les neurologues de signifier au malade que la rémission est de l'ordre de l'utopie… L'absence totale d'encouragement lors des IRM envoie déjà clairement le message sur mes chances de survie ! Ben moi j'y crois et puis le temps n'est pas le seul facteur pour parler du cancer. Je vais de découverte en découverte et mon intention se focalise sur différents thèmes au gré des évènements. Par exemple…

Chapitre 5
Les facéties de la radiothérapie et de sa sœur, la chimiothérapie

Les cheveux

Mon type de chimio ne devait pas « trop » provoquer de chutes de cheveux. Par contre, j'ai rapidement découvert que la radiothérapie si. Je n'avais naturellement pas été prévenue de ce désagrément et l'ai découvert quand mon lit s'est transformé en tapis léopard. Dès le début de la radiothérapie en août 2015, je demande donc à la coiffeuse de Léon Bérard de venir à ma rescousse. Elle me fait une coupe adaptée à ma nouvelle chevelure. Elle fait cela très bien, gentiment et en conservant mon image globale. Même déplumée, je me reconnais dans la glace. Elle m'aide aussi à choisir des foulards et des chapeaux qui conviennent à ma forme de visage et à ma carnation. Bien prévoir que grâce à la cortisone, une couleur rose vif va rapidement devenir la norme sur vos joues et votre décolleté. Évitez donc les couleurs trop flashies même si elles donnent bonne mine, dixit les copines bien intentionnées.

Je ne me retrouve pas avec la boule à zéro mais mon crâne est à l'air. Je gèle pendant l'hiver et rôtis en été. Les couvre-chefs sont bien utiles.

Cela fait plus d'un an que j'ai été opérée et traitée. Mes cheveux repoussent mais très lentement. Je n'ai toujours pas récupéré ma crinière. J'ai l'impression de retomber en enfance avec des cheveux bouclés et duveteux. Il est prévu qu'ils tombent eux-aussi avant de rendre leur place à mes nouveaux cheveux. On verra ! Pour l'instant, je m'enduis de crème bien grasse que je laisse mariner toute la nuit pour un semblant de résultat. Encore, un avantage du cancer : pas besoin de se laver la tignasse régulièrement. Si ce n'était la poussière, je tiendrai le coup facilement deux semaines sans shampoing.

Le goût et l'odorat

Mon nez, déjà fort développé et habitué à reconnaître les différents arômes d'un vin, devient imbattable. La moindre odeur le fait chavirer entraînant mon estomac dans la sarabande. Je ne sors plus, ne mange plus, ne bois plus sans masque ! Tout effluve me dégoûte quelle que soit la subtilité du parfum.

Quant au goût, il en perd son latin. Rien n'est semblable aux essences habituelles. Rien ne trouve grâce à mes papilles sauf ce qui justement n'a aucun goût. Je tolère à peu près les compléments alimentaires (infects pour toute personne normalement constituée). Ne me parlez pas de chocolat, d'alcool ou d'épices. Je vous l'ai déjà dit. Vous voulez perdre du poids rapidement, mitonnez-vous un petit cancer ! Il faudra plusieurs mois après l'arrêt de la chimio pour que je retrouve goût au goût.

Chimio et cortisone

Si au contraire, vous vous trouvez un peu trop mince, faites appel à la cortisone. Vous aurez de belles joues bien joufflues et rouge pomme. Heidi, revue et corrigée ! Le tout se logera aussi sur le reste de votre corps qui perdra, outre la graisse en trop, tous ses muscles et en vitesse accélérée s'il vous plaît. Vos cuisses et vos bras se décoreront de somptueux hématomes d'un violet profond ou d'un vert chatoyant. Les vaisseaux qui claquent rajouteront un joli rouge vermillon au tableau.

Encore un avantage du cancer. Plus besoin de dépenser des fortunes en maquillage. Il est automatique !!!

Chapitre 6
Les mots des maux

Le Pavillon des Cancéreux de Soljenitsyne n'existe plus. Il a été remplacé par les Unités (plus ou moins intensives) de Soins. Unités ? Pourquoi ? Mystère ! Donner l'impression d'une certaine cohérence ? Je me suis sentie plutôt brinquebalée d'une unité à une autre. La cohésion m'échappe.

Le cancéreux aussi a changé de nom. Il est devenu un malade. Mais malade en neurologie est un terme qui porte à confusion. « Elle bosse comme un malade ». Ben justement, la malade est souvent beaucoup trop épuisée pour travailler. Autre interprétation : « Tu as vu comment elle se comporte. Elle est malade ». Raté aussi. Certes je suis en neurologie mais mon cerveau, bien qu'endommagé, continuer de fonctionner. Je ne suis pas (encore) folle.

Reste la patiente. Alors celle-là, elle me parle. Car un(e) patient(e) se doit effectivement d'être très, mais alors très patient(e) ! Il faut patienter pour prendre rendez-vous avec un médecin, patienter pour être reçu(e), patienter pour subir les examens, patienter pour avoir les résultats, patienter pour la radiothérapie, patienter pour recevoir les soins…

Si vous ne voulez pas mourir d'ennui avant d'être terrassé(e) par votre cancer, munissez-vous de quoi vous distraire. Un livre, des mots croisés, du tricot, un film, de la musique. N'importe quoi qui vous permettra de ne pas trépigner pendant les heures d'attente. Si vous êtes trop fatigué(e) pour ouvrir les yeux, un coussin est un doudou utile pour vous caler le dos, la tête, les fesses enfin bref toutes les parties douloureuses de votre anatomie.

Quant aux cancérologues, ils sont devenus des oncologues. Profession onctueuse et mystérieuse… Onkos en grec signifie vrac, masse ou tumeur (Wikipédia). Effectivement, en tant que patient, tu pars en vrac, tu perds ta masse musculaire et au pire tu meurs…

Une fois rangée dans le tiroir « patiente », j'ai dû aussi apprendre à décrypter les sigles. Petite conversation hospitalière : « Comme vous êtes en ALD et en HAD, vous viendrez passer votre EEG et votre Pet Scan en VSL. Pour l'IV, on utilisera un Porte à 4 » (non idiote, un Port à Cath). Au début ce langage est très déroutant. Une fois mémorisé, il permet de se reconnaître dans la vaste confrérie des cancéreux. Ceux qui comprennent de quoi l'on parle partagent forcément un cancer. Ce sont les « initiés », membres de la secte des patients cancéreux.

Par exemple, en ALD signifie que vous êtes en arrêt longue maladie donc atteint d'une cochonnerie qui va durer.

En HAD signifie Hospitalisation À Domicile. Mêmes traitements qu'à l'hôpital mais chez vous, dans votre chambre transformée en pharmacie et munie de votre bassine « antiémétique » (celle qui vous empêche éventuellement de vomir sur vous ou votre entourage). Encore une fois, l'HAD est une bonne solution pour rester chez soi tout en étant sécurisé et suivi.

Un ou une EEG signifie électroencéphalogramme ou électroencéphalographie. L'infirmière installe sur ma tête un casque formé de nombreux fils reliés par des électrodes. Les électrodes sont maintenues sur mon crâne par une espèce de colle et le casque fixé par une mentonnière. C'est très sexy ! Le crâne bardé d'électrodes reliées par les fils, me voilà partie pour visualiser des lumières vives afin de tester l'acuité électrique de mon cerveau. Indolore mais redoutablement collant sur les cheveux. Il me faudra trois shampoings pour éliminer cette glu. Entre temps, je m'imagine transformée en singe qui peuple une des innombrables émissions animalières.

Un PET Scan ou TEP Scan est un scanner global du corps qui permet de repérer les tumeurs cancéreuses. Après injection d'un produit radioactif, les parties atteintes de mon corps deviendront fluo et seront plus facilement identifiables. Indolore également mais long. Le PET Scan offre la voie à d'autres examens. Mes intestins étant devenus fluorescents, j'ai bénéficié d'une coloscopie et de sa préparation. Une nuit entière sur les toilettes pour évacuer tout ce qui pouvait se trouver dans mes intestins. Là aussi, prévoir des coussins !!! Les seins aussi étaient fluo, il a donc fallu les aplatir entre deux plaques pour admirer leur résistance plastique ! L'échographie mammaire, encore une chouette invention ! Ou comment transformer en crêpe bien aplatie deux seins ronds, sympas et qui, avant d'être transformés en crêperie, avaient eu le bon goût de rester à peu près à bonne hauteur…

Revenons au langage. Un VSL est un véhicule médicalisé qui vous transporte d'hôpital en hôpital ou de chez vous à l'hôpital. Très souvent en retard.

Une IV (non, il ne s'agit pas de Pokémon) est une injection veineuse.

Pour éviter que vos veines ne claquent les unes après les autres ou se carapatent dès qu'elles aperçoivent une aiguille, un Port à Cath (Port-Cathéter ou chambre implantable) est utilisé. C'est un principe similaire au cathéter qui est fixé sur votre bras pour éviter de faire des trous dans vos veines toutes les cinq minutes. La seule différence est que celui-ci est introduit par anesthésie locale sous la peau. Il se compose d'un petit boîtier que vous verrez sous votre peau implanté un peu plus bas que la clavicule et relié à un cathéter situé sur une veine près de votre cou. Pas très pratique pour les décolletés plongeants, mais indolore et bien utile. Toutes les injections de médicaments peuvent se faire par ce biais, épargnant ainsi vos veines du bras. Ce Port à Cath peut être conservé plusieurs années. Un petit ménage pour vérifier qu'il n'est ni bouché ni infecté est pratiqué régulièrement.

Une fois les sigles plus ou moins maîtrisés, il reste les mots barbares. Le glioblastome apprivoisé, arrivent les paresthésies et myoclonies. Paresthésie signifie fourmillements aux extrémités des pieds et des mains. Comme quand il fait froid et que vos mains s'engourdissent. Vous revenez au chaud, le sang se remet à circuler et vous avez des fourmis dans les doigts. La paresthésie se comporte à l'identique. Peu douloureux mais désagréable. Très fréquent pendant et après les chimiothérapies.

Myoclonie signifie secousse involontaire. Mes jambes, mes épaules bondissent alors que je ne leur ai rien demandé. Impossible de les calmer. Petite remarque fort utile. Si je dis au médecin que je « saute », je ne capte pas son intérêt. Par contre, si j'évoque des myoclonies, son œil s'allume et je suis écoutée. Encore une fois, maîtriser les termes médicaux permet de les comprendre mais également d'avoir l'attention du praticien. Une petite porte s'entrouvre, je fais partie des initiés et ai droit à davantage d'écoute de ce fait.

De manière générale, il sera plus facile de capter l'attention de l'oncologue si vous utilisez les mêmes vocables que lui ou elle. Si vous ne vous pliez pas au vocabulaire en vogue dans la gent médicale, vous serez souvent considéré comme un patient lambda, peu futé, voire débile (surtout avec une tumeur au cerveau) donc ne méritant pas que le médecin passe du temps à lui expliquer sa maladie et les traitements qui vont avec. J'ai eu droit à un certain nombre de « alors ma petite dame, vous avez bien pris votre cachet ? ». D'abord, je ne suis pas petite même si je ne suis pas très grande. Je n'avale pas des cachets mais des médicaments qui portent un nom et ont, en principe, une utilité.

Heureusement, il y a des aussi des médecins (souvent des femmes mais quelques hommes aussi) qui osent exprimer leur soutien, leur encouragement, voire leur admiration pour la façon dont le malade fait face à sa maladie. À mon sens, c'est le meilleur traitement qui soit : requinquée, je suis prête à affronter Glio de pied ferme.

Chapitre 7
Le cancer et les méandres de l'administration

Opérée en juillet, je n'ai pas pu reprendre mon travail en septembre. L'oncologue m'a arrêtée d'office, sans me demander mon avis, pendant une année complète pour me permettre d'enchaîner les différents traitements. Il m'a donc fallu contacter l'université pour obtenir un arrêt maladie. Un conseil : demander à une assistante sociale de vous venir en aide. Épuisée, j'ai dû remplir des tas de papiers avant d'être autorisée à bénéficier d'un CLM.

Encore quelques sigles. CLM signifie congé longue maladie, soit un an de congé à plein traitement suivi de deux ans à mi traitement. Le CLM se transforme en CLD (congé longue durée) quand vous souffrez d'une pathologie lourde, dont le cancer. Le CLD vous permet de bénéficier de trois ans à plein traitement suivi de deux ans à mi traitement. Il ne vous sera accordé qu'un seul CLD pour la même affection pendant toute votre vie professionnelle. Même affection signifie que l'administration favorise le terme générique. Si outre mon glioblastome, je développe un carcinome, tant pis pour moi. Quel que soit son nom médical, un cancer est un cancer et l'administration n'en autorise qu'un par vie !

Ce système est valable pour les enseignants. Pour ceux qui travaillent dans le privé, je crois que les délais et les règles sont un peu différents. Assistante sociale, help !!!

Pour ma part, je souhaitais garder le statut de CLM pendant 3 ans pour garder mes droits à CLD pour une ou des rechutes éventuelles. Je n'ai pas pu le faire. Au bout d'un an, mon CLM a été automatiquement transformé en CLD, ce qui, de facto, raccourcit la possibilité d'être en arrêt pendant plusieurs années. En effet, si (je ne le souhaite pas du tout), je reste 5 ans en CLD, je ne pourrai pas continuer en CLM. Il faudra une année complète de reprise du travail pour pouvoir bénéficier à nouveau d'un CLM.

En clair, si vous avez une maladie qui vous met sur le carreau à long terme, vous vous trouverez rapidement sans emploi et non rémunéré. Mieux vaut être malade à 60 ans plutôt qu'à 30 et une fois encore, mieux vaut avoir décortiqué tout çà avec une assistante sociale pour éviter de vous trouver sans le sou.

J'ai aussi découvert qu'avec sa délicatesse habituelle, l'université m'avait licenciée à la fin de mon premier congé longue maladie. J'ai reçu un mail automatique, non signé d'une autorité quelconque me signifiant que j'étais rayée de la liste des enseignants et que tous mes accès aux comptes informatiques de l'université étaient supprimés. De l'accès aux parkings à celui des locaux, des toilettes aux ordinateurs. Le tout sans aucun justificatif et sans savoir de qui émanait cette décision. Je contacte donc la responsable communication qui me répond qu'elle n'est pas au courant et que le logiciel est le fautif. Encore un miracle de l'université : les logiciels se programment tout seuls !!!

Difficile de savoir ce qui se passera si je ne peux pas reprendre mon emploi. Je serai sans doute sans emploi et en attente d'une aide de la mutuelle. Ou alors reclassée mais où ? Mystère ? Encore une fois, consultez une assistante sociale et ne tombez pas malade trop jeune !

Chapitre 8
Le crabe ne marche pas droit

L'ennui avec un crabe, c'est qu'il ne marche pas droit. Vous l'avez coincé sous un rocher, il dort tranquillement, le sac et le ressac reprennent leur cours à peu près normalement. Et vlan, le voilà qui sort de son trou et se met à courir dans tous les sens et de guingois. Mon crabe à moi n'avait pas sorti le bout de ses pinces lors de la troisième IRM. Rassurée et tranquille, je me croyais en paix pendant trois mois. Et ben non, ce satané bestiau a décidé de créer un capharnaüm dans mon lobe temporal gauche (là où son terrier est situé). L'encéphalogramme révèle quatre jours après la paisible IRM que Glio gesticule en fait dans tous les sens. Il monte, il descend, change de couleurs, fait des loopings, des envolées fulgurantes. Un vrai acrobate de cirque ! Je suis ses mouvements (enfin ceux des crises épileptiques qu'il induit) grâce à l'EEG (l'encéphalogramme) mais aussi avec les décharges électriques qu'il crée et que je ressens dans mon crâne. Peu douloureux mais très fatigant. Je pensais commencer à reprendre la forme. Glio a décidé de me renvoyer sous ma couette avec le moral en berne. Satanée bestiole. Elle est coriace.

Je résiste tant bien que mal en attendant le verdict de l'oncologue. Je vous rappelle que j'en ai déjà usé deux et que je vais découvrir la troisième. Pour suivre l'évolution de la maladie et établir un rapport de confiance entre le patient et le médecin, on peut rêver mieux ! À chaque oncologue, je raconte de nouveau mon histoire. Du coup, les quinze minutes de consultation filent à toute allure et quand on en arrive enfin au vif du sujet, c'est-à-dire moi maintenant et non pas mon crâne il y a deux ans, le temps est passé et les réponses bâclées. Je suis renvoyée à mon médecin généraliste, qui, par définition, n'est pas un neurologue. Et après, je suis censée rester calme et détendue. Sic !!!

La troisième oncologue se révèle très organisée. Encore un coup du protocole. C'est elle qui pose les questions et dans un ordre bien défini. Je n'ai pas la possibilité de passer d'une idée à une autre, au rythme de mon cerveau. Il faut sans doute respecter le temps imparti à chaque patient et ne pas divaguer sous prétexte que ce dernier est un peu tendu... Néanmoins, pour la première fois depuis deux ans, cette cancérologue me demande mon avis sur une modification de mon traitement et se montre encourageante et rassurante. Miracle ! Elle est claire, précise et ne dramatise pas.

Heureusement car ma dose de colère contre la gent médicale était remontée en force. Animée de surcroit par un échange aussi bref que violent avec une médecin urgentiste hier soir. Je croise vers 21h30 un sans-abri très mal en point et fortement alcoolisé. Il tente de récupérer quelques sous auprès des automobilistes aux feux de circulation. Il n'est plus capable de monter et de descendre le trottoir et risque donc de se faire faucher par un véhicule. Mon système immunitaire défaillant ne me permet pas de m'approcher de lui. Je tente donc de téléphoner au 115. Réponse automatisée: « le numéro que vous appelez n'est plus valide ». Surprise totale : je réitère à plusieurs reprises mes tentatives. Même réponse. Ne sachant que faire et cherchant des renseignements pour savoir qui contacter, j'appelle les urgences de l'hôpital Saint Luc-Saint Joseph qui accueille souvent des SDF (tout comme l'hôpital Édouard Herriot). Pour en avoir été témoin plusieurs fois, l'accueil est toujours efficace et poli quel que soit l'état des personnes. Ces hôpitaux permettent aux sans-abris de bénéficier d'un lieu propre et chaud pour y passer la nuit tout en recevant des soins médicaux. Il est clair que ce n'est pas le rôle de l'hôpital mais que faire de ces personnes quand la température est en dessous de zéro ? Confiante, je décroche donc mon téléphone et suis immédiatement jetée (il n'y a pas d'autre terme) par, je cite : « une médecin urgentiste qui n'a pas que ça à faire ». Je précise que j'ai simplement prononcé le mot SDF, rien d'autre. Je n'ai pas eu le temps. J'en déduis donc qu'un SDF peut mourir dans la rue et qu'il ne doit pas déranger une urgentiste débordée. Je suis bien consciente de la difficulté de son métier, de ses conditions de travail, du fait que son rôle n'est pas celui d'assistante sociale mais que faire devant une personne en danger ? Appeler la police, appeler les pompiers ? Je pensais naïvement que l'accueil d'un hôpital habitué à ce type de problèmes saurait me renseigner sans me jeter comme une malpropre. Je finirai par joindre le 115 après quarante-cinq minutes d'appel. Le 115 enverra une maraude. Trouveront ils le sans-abri ? Je ne sais…

Chapitre 9
Mes 5 commandements ou comment faire face à cette saloperie de cancer

Bien sûr, je n'ai aucun conseil et encore moins de leçons à donner. Je ne peux que vous expliquer comment moi, j'ai cherché à gérer ma situation et à éviter de sombrer dans le désespoir.

1. Ne pas chercher d'informations sur Internet

Certains ont besoin de savoir, d'avoir des informations impossibles à obtenir à l'hôpital. J'ai vite arrêté mes recherches. Les sites Internet ne révélaient que des discours alarmistes et décourageants. Une mention spéciale quand même pour les sites canadiens plus rassurants et surtout compréhensibles par le commun des mortels. Les blogs, pour la plupart, étaient également inquiétants. Ceux qui s'en sortent ou ne vont pas trop mal prennent rarement le temps de confier leurs états d'âme. Du coup, ne restent que les malades affolés et affolants…

Par contre, quand j'ai commencé à aller mieux et à reprendre du poil de la bête (dans tous les sens du terme !), je me suis plongée dans des bouquins divers et variés autour du cancer. Ces témoignages m'ont rassurée : les réactions à la maladie sont souvent similaires. Je fais donc toujours bien partie de l'espèce humaine !

2. Ne pas se laisser envahir par le désespoir

Pour éviter de me laisser aller, pour ne pas lâcher prise, j'ai eu recours à la colère contre les médecins en particulier. Il semblerait que je ne sois pas la seule dans ce cas (voir Manuela Wyler et son « Fuck my cancer »).

J'ai ensuite décidé de prendre aussi les choses en main et d'avoir recours à toute sorte de médecine parallèle. Je ne suis pas croyante, je ne suis pas gourou non plus et jusqu'à présent peu réceptive à ce genre de pharmacopée. Tant pis, aux grands maux, les petits remèdes. Et puis, au moins, j'ai l'impression d'avoir un droit de regard et une prise sur ce qui m'arrive.

Pendant la radiothérapie, pour éviter les brûlures et la transformation en, au choix, pelures diverses ou langoustine grillée, j'ai recours à une charmeuse de feu. Son père et elle sont bien connus des patients de Léon Bérard. Ils exercent gratuitement (cela existe encore !), de visu ou par téléphone. La charmeuse m'évitera les brûlures et les migraines. Un grand merci à elle pour sa gentillesse et son optimisme réconfortant.

L'homéopathie limite les nausées et comme dit l'homéopathe, on peut toujours essayer de lutter contre le cancer avec des remèdes indiens. Efficace aussi contre les multiples douleurs osseuses.

J'épluche aussi la pharmacopée à base de plantes. Lutte contre les troubles digestifs, intestinaux, la peau qui flagelle, les boutons divers et variés, les troubles du sommeil, les virus, microbes, et surtout la fatigue. J'essaye tout ce qui existe en prenant toutefois garde à ne pas faire de mélanges intempestifs. Consultés sur ce thème, les oncologues ricanent ostensiblement et se moquent éperdument de ce que je peux avaler ou non.

Sophrologie et yoga me permettent de reconstituer quelques muscles et de me détendre. Un coach sportif établit un programme de gym pour me permettre de retrouver mon cœur et mes poumons.

Enfin, un psychothérapeute m'aide à me réconcilier avec moi-même et à revoir la vie en rose (mais pas en fuchsia cortisone). Pas de retour à ma tendre enfance mais une analyse fine et pertinente du quotidien. Je lui dois beaucoup.

Heureusement, pour moi, ma complémentaire santé prend en charge une bonne partie de ces traitements paramédicaux.

3. Ne pas se replier sur soi

Un de mes premiers réflexes a été de refuser tout contact avec autrui mis à part mon conjoint et mes parents. Je n'ai pas d'enfants. Je ne voulais voir personne, je ne voulais pas que l'on me voit dans cet état. Quant à mourir, je voulais laisser l'image d'une femme séduisante et sportive. Pas d'une malade amaigrie ou boursoufflée par la cortisone. J'ai 55 ans, je ne voulais pas que l'on me voit avec un look de grand-mère. Cougar oui mais mamie non !

Il m'a bien fallu me résigner à la réalité. Disparue la femme mince, sportive et séduisante. J'avais déjà eu du mal à digérer la cinquantaine. Là, c'était l'indigestion !!! Cependant plus je pleurais et plus je geignais, plus j'étais moche avec mes yeux cernés et mes joues rouges. Après moult pleurs et effondrements divers, j'ai dû changer d'attitude et …

4. Accepter l'aide des autres

Petit à petit, je me suis rendue compte que je n'étais pas superwoman et que l'entourage pouvait beaucoup m'aider. C'est aussi ainsi que j'ai découvert qui étaient mes véritables ami(e)s. Il y a en effet selon moi trois grands types de réaction de l'entourage face à l'annonce d'un cancer.

A / Ceux qui ne veulent rien entendre et qui s'enfuient le plus loin possible, terrorisés. Ceux-là incluent ceux qui vous ont déclaré à de multiples reprises que vous étiez leur meilleure amie, que vous pouviez compter sur eux, à qui vous avez rendu des coups de main mais qui ne jugent pas utile de renvoyer l'ascenseur. Déjà, la troupe de copains s'amoindrit.

B / Ceux pour qui battante vous êtes née, battante vous resterez même avec 7 de tension et des tuyaux partout. Même si vous insistez bien sur le fait que votre cancer est INCURABLE. Ben non, impossible de les persuader. C'est plus confortable pour eux. Vous êtes capable de vous en sortir toute seule donc pas besoin de vous aider. Ils passent de temps en temps pour vous « rassurer », vous abreuve de « tu as bonne mine » même si vous ressemblez à un bibendum Michelin grâce à la cortisone, même si vous êtes couleur fuchsia ou violacée selon les effets de la même cortisone ou si vous ressemblez à un vautour déplumé parce que vos cheveux n'apprécient ni la radiothérapie ni la chimio.

Ils ne comprennent pas que je n'ai plus envie de glousser à la moindre plaisanterie comme quand j'avais quinze ans. Ils ne comprennent pas que je n'ai plus les mêmes priorités, que le cancer m'a fait grandir (version optimiste) ou vieillir (version plus conforme à la réalité...). Ils comprennent encore moins que l'évocation systématique et récurrente du passé me met hors de moi ou me blesse profondément. Mon objectif à moi est le présent et le futur, survivre et non évoquer les temps anciens. Je me bats pour avoir des projets, même à court terme. Il m'est extrêmement douloureux de les entendre ressasser ce que je faisais, sous entendant implicitement que je ne pourrai plus jamais retrouver mes capacités au même niveau. J'ai l'impression d'avoir 90 ans et de passer en revue ce que ma vie a été. Suggestions à ceux qui veulent soutenir des cancéreux comme moi : pitié, épargnez-nous les refrains sur le temps qui passe, proposez-nous des projets en fonction de notre état de fatigue. Des choses simples : s'asseoir sur un banc et regarder le ciel, écouter les oiseaux ensemble, préparer un petit goûter, un gâteau si le système digestif l'autorise, lire un poème, dessiner, peindre, coudre, chanter, promener un chien, caresser un chat... N'importe quoi ensemble qui permette au malade de se sentir toujours en vie et partie prenante d'une communauté.

Autre suggestion : ne perdez pas de temps à chercher pour le malade des recettes miracles, très en vogue sur Internet mais qui énervent profondément le malade qui ingurgite déjà des tonnes de médicaments. Laissez le cancéreux choisir par lui-même ses traitements. Vous pouvez l'aider en les commandant ou en allant les chercher mais éviter les « tu sais, j'ai un(e) ami(e) qui a pris une plante miracle, s'est trempé(e) dans l'eau chaude, froide, salée, sucrée, a arrêté de manger du sucre, s'est au contraire gavé(e) de sucre ». C'est exaspérant pour le malade (en tout cas pour moi) et si je sature, vous risquez de m'entendre répliquer « quand tu auras ton cancer à toi, il ne faudra pas te gêner pour tester ces recettes miracles ».

C / Les vrais ami(e)s, ceux qui vous écoutent, évitent tout commentaire, disent clairement qu'ils ne savent pas comment faire mais qu'ils sont là et qui le sont vraiment. Ceux qui vous envoient régulièrement des petits mots, des petits cadeaux, qui ne parlent pas que de maladie et de mort, ceux qui vous rattachent à la vie grâce à leur présence, leur douceur, leurs rires et aussi leurs larmes.

Ces ami(e)s peuvent être des connaissances de longue date mais aussi des inconnu(e)s croisé(e)s dans la rue, à l'hôpital. Comme ces cinq femmes maghrébines qui m'ont spontanément offert un café pour me remonter le moral sans me poser une seule question alors que je me traînais difficilement devant la boulangerie. Comme les jeunes « loubards » qui zonent parfois en bas de chez nous pour dealer mais me demandent de mes nouvelles et plaisantent. Et hop, quelques préjugés et stéréotypes qui s'envolent !

5. Accepter sa maladie et la transformer en quelque chose de positif si vous pouvez

À l'annonce du verdict, je n'ai pas eu l'élégance de Pierre Desproges. Je ne suis pas allée manger un tourteau pour conjurer mon crabe. Par contre, j'ai décidé de faire face à ma terreur atavique des araignées et de leur parler. Cela a fonctionné. À chacun ses stratégies. La première araignée que j'ai rencontrée était logée dans la baignoire. Je l'ai vu en prenant le pommeau de ma douche. Elle était aussi effrayée que moi. Cela m'a rassurée. Je lui ai parlé doucement, gentiment et je l'ai vu se détendre. Elle a déplié ses longues pattes et repris méticuleusement le tissage de sa toile. J'ai fait de même et continué ma douche. Le pacte passé, je l'ai retrouvée tous les matins m'attendant au-dessus de la baignoire. Un coaching en « araignologie » serait peut-être à envisager pour certains médecins !!! Comment gérer le stress et la peur…

D'autres animaux m'ont été d'une grande aide. Les oiseaux du matin qui piaillent à l'arrivée du soleil quand je ne pouvais pas me lever de mon lit, trop épuisée pour faire le moindre geste, mis à part tendre l'oreille pour écouter leurs chants. Et toutes les petites bestioles qui rampent, courent, qui vivent…

J'ai aussi découvert un nouveau procédé pour lutter contre les dérangements intestinaux induits par la chimio.

Mode d'emploi :

Se laisser adopter par un chat (la chatte des voisins fait très bien l'affaire avec sa sourde oreille).

Au petit déjeuner, prendre l'animal. Le placer délicatement sur votre abdomen et lui gratouiller amoureusement l'arrière des oreilles. Quand l'animal se met à ronronner, le laisser masser ("patter") votre abdomen. Massage et bouillotte garantis. Particulièrement efficace lors de douleurs diverses des intestins.

Le traitement peut être renouvelé autant de fois que vous le désirez dans la journée et que le chat l'accepte...

Éventuel effet secondaire : un petit coup de griffe quand la palpation est intense. Pour éviter cet effet indésirable, mettre un T-shirt épais.

Variante en cas d'indisponibilité du chat : avoir recours à son conjoint mais qui est plus lourd que le chat et souvent moins musical en raison de sa concentration sur vos viscères. Mais à tester également !

Je vais breveter ma méthode bien plus performante que le Spasfon et que les lavements interminables qui sont censés régler les choses en dix minutes. Deux heures après, toujours allongée sur le lit, le ventre rempli de plusieurs litres d'eau, rien ne se passe. Par contre, un petit massage à la patte de chat procure chaleur, douceur, réconfort et laxatif.

La chienne pitbull du magasin à côté est également un soutien important. Elle est placide, peu communicative mais adepte des gratouillis sous le ventre qui la font grogner de plaisir. Un exemple parmi d'autres des préjugés : non, tous les pitbulls qui grognent ne vous indiquent pas qu'ils vont vous dévorer dans la seconde. Enfin, méfiez-vous quand même…

Le jardinage est aussi un allié. Certes, fatigue et douleur empêchent de s'attaquer à la taille de la haie mais le contact avec la terre, l'eau, l'odeur des plantes me calme. Je gratouille, je farfouille, je coupe, je plante. C'est long mais mon cerveau, d'habitude très, trop actif, se met en mode veille.

Chapitre 10
La vie est belle malgré tout

À chacun, chacune, de trouver ce qui le/la calme. Cuisine, peinture, lecture, musique… Le cancer apprend à être calme, patient (très patient !), à apprécier les petites choses de la vie et à relativiser les évènements qui paraissaient insupportables. Après une période de flottement et d'inquiétude, j'ai repris le dessus en décidant de faire de cette saloperie quelque chose de positif. J'ai découvert ce qui était vraiment important pour moi, ce qui n'avait pas grand intérêt (engueuler mon conjoint par exemple quand il ne range pas les couverts au bon endroit) et qui était vraiment à mes côtés. Des personnes que je connaissais peu sont toujours là, d'autres que je croyais très proches ont eu peur de ne pas savoir quoi dire, quoi faire.

J'ai appris à dire clairement ce que je voulais et pouvais faire et à parler de moi, de mes joies mais aussi de mes peines et souffrances. J'ai découvert que cela aidait les amis, et surtout mon conjoint, à me comprendre et à savoir ce que j'attendais d'eux. Cela ne les ennuie pas au contraire, c'est aussi un témoignage de confiance de ma part. Et cela permet aussi aux autres d'exprimer leurs craintes et besoins.

Cela a beaucoup changé ma manière d'être et mes relations avec les autres, un changement vraiment très positif qui m'a aussi enseigné à prendre plus de temps pour moi. De toute façon, la fatigue est telle que je n'ai pas le choix. Je trouve que c'est cela le plus dur pour moi à gérer, savoir quand je vais être à peu près en forme et quand je vais être exténuée et surtout l'accepter.

Par contre, je réfute farouchement l'idée doloriste selon laquelle la souffrance permet de s'élever et d'atteindre le ciel ou le nirvana ou tout autre lieu. Le cancer m'a transformée mais je ne suis pas pour autant une guide spirituelle ou une stoïcienne. Je déteste avoir mal, je déteste être fatiguée, je déteste l'idée que mon espérance de vie se soit réduite. Je ne suis pas une sainte et ne veux surtout pas le devenir.

Côté médical, je pense qu'il ne faut pas hésiter à poser des questions et à donner son avis. J'ai choisi de ne pas aller chercher d'informations sur Internet car ce sont toujours ceux qui ne vont pas bien qui parlent ! Par contre, j'ai pris contact avec la Ligue anti-cancer et suis prise en charge par un psychologue. Et surtout, j'ai beaucoup, mais alors beaucoup, papoté avec les infirmières qui m'ont beaucoup soutenue et aidée grâce à des fous rires mémorables ou des câlins quand j'avais le moral dans les chaussettes.

Conclusion

Je devrais être morte depuis longtemps mais je suis toujours là et heureuse de l'être. N'oubliez donc pas que le cancer a plein d'avantages :

- Se débarrasser des moments ennuyeux grâce à des « je suis très fatiguée » agrémentés de mine affreuse.
- Utiliser votre maladie pour envoyer promener tous ceux qui vous importunent et échapper aux invitations rasoirs.
- Découvrir des personnes que vous ne connaissiez pas ou peu et construire un nouvel entourage.
- Partir en vacancces quand tout le monde travaille et en profiter pour prendre des fous rires loin de la chimio.
- Ne plus faire la queue au parking, dans les magasins, dans les musées, cinémas, concerts grâce à la super carte d'invalidité.
- Avoir sa petite pochette surprise régulière de nouvelle maladie, nouveau médicament, nouveau médecin.
- Faire le tri dans les paperasses et les objets qui encombrent votre bureau et votre chambre depuis des lustres. Pas le choix, il faut caser la panoplie médicale !
- Revisiter votre métier en inventant de nouvelles techniques, de nouvelles approches et des liens avec d'autres corps de métier.

- Cibler vos priorités, vos envies et vos rêves et les réaliser.

Et surtout, faites-vous adopter par un chat, un chien ou une araignée.

Table